편역자 : 송소정

대학에서 역사를 전공하고, 외국계 컨설팅 기업에서 오랜 기간 근무했다. 이후 이화여자대학교 통번역대학원 한일번역학과를 졸업하고 전문 번역가로서 다양한 분야에서 활동 중이다.

주요 번역서로는 〈초등학생을 위한 지구 환경 지식42〉, 〈나는 당신이 오래오래 걸었으면 좋겠습니다〉, 〈스무 살에 만난 유대인 대부호의 가르침〉, 〈밀리언의 법칙〉 등이 있다.

지치고 버석버석한 어른의 마음에도 '동화'가 필요한 순간이 있습니다. 부디 '동화' 속에서 머물다 가실 수 있길 바랍니다.

시간을 건너 온 이야기

일본 동화 조각집

목   차

1. 거위의 생일

2. 두 마리의 개구리

3. 쥐의 결혼

4. 눈깔사탕

5. 게는 이발사

6. 마을의 봄, 산의 봄

7. 아침

8. 캬라멜과 알사탕

9. 다리

10. 엄마들

11. 작년의 나무

12. 달밤과 안경

저자소개

니미 난키치(新美南吉, 1913년 7월 30일~1943년 3월 22일)

일본의 아동 문학가

구스야마 마사오(楠山正雄, 1884년 11월 4일~1950년 11월 26일)

일본의 연극평론가, 편집자, 번역가, 아동문학가

유메노 큐사쿠(夢野久作. 1889년 1월 4일~1936년 3월 11일)

일본의 소설가

다케히사 유메지(竹久夢二, 1884년 9월 16일~1934년 9월 1일)

일본의 화가이자 시인

오가와 미메이(小川未明, 1882년 4월 7일~1961년 5월 11일)

일본의 소설가이자 아동문학작가

거위의 생일

니미 난키치

어느 농가의 뒤뜰에 오리와 거위, 기니피그와 토끼, 그리고 족제비가 살고 있었습니다. 그리던 어느 날, 생일이 돌아온 거위는 이들 모두를 집으로 초대했습니다. 그러나 족제비만은 부르지 않았습니다. 다들 족제비 부르는 것을 꺼렸기 때문이었습니다.

사실 이들이 족제비를 딱히 싫어했던 것은 아닙니다. 그럼에도 불구하고 부르기 꺼렸던 이유는, 족제비한테는 서로 대놓고 말하기에는 민망한 버릇이 하나 있었기 때문입니다. 그것은 바로 방귀를 아주 지독하게 뀌어대는 것이었습니다.

그렇다고 족제비만 부르지 않게 되면 나중에 크게 화를 낼 것임에 틀림없었습니다. 그래서 상의 끝에 이들은 족제비를 초대하기로 했고, 토끼를 심부름꾼으로 보냈습니다.

"오늘은 거위 씨 생일이라서 이웃들 모두를 초대했으니 거위 씨네 집으로 오세요."
"아아, 그런가요?"

"그런데 족제비 씨, 한 가지 부탁이 있는데요."
"뭔데요?"
"저어, 죄송하지만, 오늘만은 방귀를 좀 뀌지 말아 주셨으면 해서요."

그 말을 듣는 순간 너무나 부끄러웠던 족제비는 얼굴이 시뻘게졌습니다. 그는 고개도 들지 못한 채로 대답했습니다.

"아, 알겠습니다. 저, 절대 오늘만은 바, 방귀를 뀌지 않겠습니다."

족제비까지 집으로 오자 거위는 준비된 음식들을 내놓았습니다. 콩비지와 당근 뿌리, 참외 껍질과 죽 등의 만찬이 차려졌습니다.
이들 모두는 차려진 음식들을 맛있게 먹었고, 족제비 또한 배부르게 아주 잘 먹었습니다.

이들은 거위의 대접에 무척 만족했을 뿐만 아니라, 족제비가 방귀를 뀌지 않았기에 즐거운 시간을 보내고 있었습니다.

그런데 그때, 족제비의 몸이 갑자기 획 뒤집히더니 그대로 기절해 버리는 놀라운 일이 벌어지고 말았습니다.

아, 큰일이 났습니다. 마침, 의사였던 기니피그가 족제비를 진찰했습니다. 잔뜩 부풀어 오른 그의 배를 살펴보던 기니피그가 심각한 표정으로 말했습니다.

"족제비 씨가 기절한 것은 방귀 뀌고 싶은 것을 너무 참고 있었기 때문입니다. 족제비 씨를 빨리 치료하려면 방귀를 실컷 뀌게 하는 방법밖에 없어요. 지금 당장!"

이들 모두는, 역시 족제비를 부르지 말았어야 했다는 같은 생각을 하고 있었습니다. 아이고. 한숨을 내쉬며 서로 얼굴을 마주 보던 그들의 시선은 족제비의 꿈틀거리는 엉덩이로 향했습니다.

두 마리의 개구리

니미 난키치

녹색 개구리와 금색 개구리가 밭 한가운데서 딱 마주쳤습니다.

"오, 금색. 우리 개구리 중에서 제일 꾀죄죄한 색깔." 녹색 개구리가 말했습니다.

"야, 녹색. 그 흔한 색깔이 너한텐 꽤 이뻐 보이는 모양이다?" 금색 개구리가 말했습니다.

이런 식으로 비아냥거려가며 말을 주고받던 두 마리 개구리는 마침내 싸우기 시작했습니다. 먼저 녹색 개구리가 과감하게 금색 개구리 위로 폴짝 뛰어 올라갔습니다. 이 개구리는 원래 이런 식으로 덤벼드는 일에 자신이 있었습니다.

그러자 금색 개구리는 뒤로 물러서며 뒷다리로 모래를 팍팍 걷어찼습니다. 그 바람에 녹색 개구리는 눈에 들어간 모래를 몇 번이고 털어내야만 했습니다. 그렇게 두 개구리가 싸우고 있을 때… 꽤 차가운 바람이 불어오기 시작했습니다.

두 마리 개구리들은 이렇게 찬 바람이 불면 곧 추운 겨울이 들이닥친다는 것을 알고 있었습니다. 어떤 개구리든 더 늦기 전에 빨리 땅속으로 들어가서, 봄이 될 때까지 겨울잠을 자야만 한다는 사실을 떠올렸습니다.

녹색 개구리가 먼저 땅속으로 들어가며 말했습니다.

"이 싸움의 승부는 봄에 다시 짓자!"

금색 개구리도 한마디 던지고는 땅속으로 들어갔습니다.

"지금 한 말 잊지 말라구!"

얼마 지나지 않아 추운 겨울이 찾아왔습니다. 개구리들이 잠든 땅 위로는 매일 차가운 바람이 불어댔고, 그러다 얼음기둥 같은 고드름까지 생겨났습니다.

그렇게 춥고 기나긴 겨울이 지나고, 고드름마저 다 녹아내리더니… 드디어 봄이 찾아왔습니다. 땅속에 웅크린 채 겨울잠을 자고 있던 개구리들은 등 쪽으로 느껴지는 따스함에, 아직 잠결임에도 봄이 왔다는 사실을 하나둘씩 알게 되었습니다.

제일 먼저 눈을 뜬 것은 녹색 개구리였습니다. 서둘러서 땅 위로 나와 봤지만, 다른 개구리들은 아직 아무도 나오지 않았습니다.

"이봐 금색, 일어나라. 봄이 왔다!"라며 땅속을 향해 불렀습니다.

그러자 금색 개구리가, "아아, 드디어 봄이 왔구나."라고 대답하며 땅에서 나왔습니다.

"작년에 하던 싸움을 잊진 않았겠지?" 녹색 개구리가 말했습니다.

"물론이지. 우선 몸부터 씻고 나서 승부를 마저 짓자." 금색 개구리가 말했습니다.

두 마리 개구리는 진흙으로 범벅이 된 몸을 씻기 위해 연못으로 갔습니다. 연못은 새롭게 솟아오른 청량음료처럼 상쾌한 물로 가득 차 있었습니다. 개구리들은 그 안으로 첨벙첨벙 뛰어들었습니다. 개운하게 몸을 다 씻고 난 녹색 개구리는 금색 개구리를 보다가 눈이 휘둥그레졌습니다.

"이야아, 지금 보니 네 금색은 꽤나 이쁜 색이었구나?"라고 말했습니다.

"진짜. 그러고 보니 네 녹색이야말로 정말 근사한데?" 금색 개구리가 눈을 꿈뻑거려가며 말했습니다.

그때, 두 마리 개구리는 서로 누가 먼저랄 것도 없이 말했습니다.

"싸움은 이제 그만두자."

이들에겐 더 이상 싸울 이유가 남아있지 않았기 때문입니다. 겨울잠을 푹 자고 일어났기 때문일까요? 아마도 잠을 잘 자고 난 뒤에는 개구리도 사람들처럼 기분이 좋아지는 모양인가 봅니다.

쥐의 결혼

———————   구스야마 마사오

옛날 아주 먼 옛날. 어느 집 창고엔 쌀, 보리, 콩, 좁쌀 등을 가마니 채 쌓아놓고 살고 있는 부자 쥐가 있었습니다. 그는 큰 부자였지만 아무리 애를 써도 자식만은 얻을 수 없었습니다. 자식을 얻고 싶었던 쥐는 신에게 기도를 드리기 시작했습니다. 매일매일 정성껏 기도를 올렸고, 그 결과 드디어 딸아이를 얻을 수 있었습니다.

그 아이는 쑥쑥 자라나서 빛이 날 정도로 아름다워졌습니다. 마을에 있는 쥐 누구와도 비교할 수 없을 정도로 멋진 신붓감으로 성장하였습니다.
이 멋진 딸에게 어울리는 신랑감을 가까운 곳에선 찾을 수 없었기에, 아빠 쥐와 엄마 쥐는 온 세상을 돌아다니며 신랑감을 찾아나가기 시작했습니다. 그러나 도저히 찾을 수가 없었습니다.

아빠 쥐와 엄마 쥐는 말했습니다.

"우리 아이는 이 세상 최고로 멋진 신붓감이니까, 그게 누구든 최고로 멋지고 위대한 사위를 맞이해야만 해."

그들은 여러 곳에 수소문해 본 끝에 이 세상에서 가장 위대한 것은 '해님'이라는 사실을 알게 되었습니다. 해님이야말로 그 높디높은 하늘에서 온 세상을 밝게 비춰주는 최고의 존재였기 때문입니다.

아빠 쥐와 엄마 쥐는 딸아이를 데리고 해님을 만나기 위해 하늘로 올라갔고, 드디어 해님을 만나게 되었습니다.

"해님, 당신은 이 세상에서 가장 위대하신 분입니다. 당신께서 부디 제 아름다운 딸을 아내로 맞아주셨으면 합니다." 아빠 쥐는 정중하게 인사를 했습니다.

해님은 싱글거리며, "그 말은 고맙지만, 세상에는 나 보다 더 위대한 자가 있다네."라고 말했습니다. 그 말을 들은 아빠 쥐는 깜짝 놀랐습니다.

"정말 해님보다 위대한 분이 계신다는 건가요? 그분은 누구신가요?"

"그자는 구름이네. 내가 하늘에서 아무리 햇빛을 쨍쨍 비춰봤자, 구름이 나를 가려버리면 더 이상 아무런 힘도 쓸 수 없기 때문이라네."

"그렇군요…"

그래서 이들 쥐가족은 구름이 있는 곳을 찾아갔습니다.

"구름님, 이 세상에서 가장 위대하신 분은 당신입니다. 제 아름다운 딸과 꼭 결혼해 주십시오."

"기분 좋은 얘기지만, 세상에는 나 보다 더 위대한 자가 있지."

아빠 쥐는 다시 한번 깜짝 놀랐습니다.

"구름님 보다 더 위대한 분이 계신다구요? 그분은 대체 어떤 분이신가요?"

"그건 바람이지. 바람은 후- 하고 불어서 나를 날

려버릴 수 있기 때문에, 난 바람을 이길 수가 없지."

"그렇군요…"

이들 쥐가족은 이번엔 바람이 있는 곳을 물어물어 찾아갔습니다.

"바람님, 당신이야말로 이 세상에서 가장 위대하신 분입니다. 부디 제 딸을 아내로 맞아주십시오."

"그 말은 참 고맙소. 하지만, 세상에는 나 보다 더 위대한 자가 있소."

아빠 쥐는 깜짝 놀랐습니다.

"그러면 바람님 보다도 위대한 분이 있다는 건가요? 그분은 또 누구신가요?"

"그자는 벽이라는 자요. 내 힘으로도 그자만은 도저히 날려버릴 수 없기에 그렇소."

"그렇군요…"

이들은 또다시 벽이 있는 곳을 찾아 나섰습니다.

"세상에서 가장 위대한 분이신 벽님. 부디 제 아름다운 딸을 아내로 꼭 맞아주십시오."

"그건 고마운 말이다. 하지만 세상엔 나 보다 더 위대한 자가 있다."

아빠 쥐는 깜짝 놀랐습니다.

"아니, 벽님보다 더 위대한 분이 계신다는 건가요? 도대체 그분은 어떤 분이신가요?"

"그것은 다름 아닌, 자네 같은 쥐들이다. 내가 제 아무리 네모반듯한 근엄한 표정으로 단단히 버티고 서있어도, 너희 쥐들은 쉬지도 않고 내 몸을 조금씩 조금씩 물어뜯고는, 마침내 구멍을 낸 뒤 빠져나가 버린다. 그래서 나는 도저히 쥐들한테는 이길 수가 없는 것이다."

"그렇군요!"

아빠 쥐는 그제야 깨달았다는 듯 손뼉을 '탁' 치더니, 감탄에 겨운 표정으로 이야기했습니다.

"이제껏 알지 못했습니다. 하잘것없어 보이는 우리 쥐들이, 사실은 이 세상에서 가장 위대하다는 것을요!"

연신 감사의 인사를 건넨 이들 쥐 가족은 기쁜 마음으로 자신들의 마을로 향했습니다. 그리고 집에 돌아가자마자 바로 이웃에 사는 성실한 쥐를 딸의 신랑으로 맞이했습니다.

결혼한 신랑 쥐와 신부 쥐는 사이좋게 지내며 자식도 많이 낳았습니다. 아빠 쥐와 엄마 쥐까지 모셔가며 성실하게 살았던 이들 쥐 가족은, 전보다 훨씬 더 풍요롭고 행복하게 살아갔습니다.

눈깔사탕

니미 난키치

따뜻한 어느 봄날, 어린 두 아이와 엄마가 나룻배에 탔습니다.
막 배가 출발하려고 하는데 "어이, 좀 기다려."라며 무사 한 명이 둑 건너편에서 손을 흔들며 달려와 배에 뛰어들었습니다. 그렇게 무사까지 태운 배가 출발했습니다.

무사는 배 한가운데 털썩 앉았습니다. 따끈따끈 따뜻한 봄날의 볕 아래 나른해진 무사는 금세 졸기 시작했습니다.
검은 수염을 길게 기르고, 힘이 세 보이는 무사가 꾸벅꾸벅 졸고 있으니, 아이들은 그 모습이 우스꽝스러워 '하하하'하고 웃었습니다.

그러자 엄마는 입에 손가락을 대며 "가만히 있어."라고 했습니다. 무사가 화를 내면 큰일이기 때문입니다. 아이들은 곧 입을 다물었습니다.

잠시 후, 아이 한 명이 "엄마, 눈깔사탕 주세요."하며 손을 내밀었습니다.
그러자, 또 한 아이도 "엄마, 나도요."라고 했습니

다.
엄마는 마지못해 품에서 종이봉투를 꺼냈습니다. 하지만 눈깔사탕은 이제 하나밖에 남지 않았습니다.

"나한테 주세요."
"나한테 주세요."

두 아이가 양쪽에서 졸라 댔습니다. 눈깔사탕이 한 개밖에 없었기 때문에 엄마는 난처해지고 말았습니다.

"너희는 말을 잘 듣는 착한 애들이니까, 목적지에 도착하면 사줄 테니 그때까지 기다리고 있으렴."

엄마가 타일렀지만, 아이들은 계속 "주세요오, 주세요오." 하며 떼를 썼습니다.

그때 졸고 있던 무사가 눈을 번쩍이며 크게 뜨고서 아이들이 졸라대는 모습을 보고 있었습니다. 엄마는 놀랐습니다. 졸고 있는데 아이들이 방해했으니 이 무사는 틀림없이 화가 났을 것이라고 생각했습니다.

"얌전히 있어." 엄마는 다급하게 아이들을 달랬습니다. 하지만 아이들은 말을 듣지 않았습니다. 그러자 무사가 갑자기 쑥 하고 칼을 뽑아서 엄마와 아이들 앞으로 왔습니다.

엄마는 얼굴이 새파래져 아이들을 감쌌습니다. 잠을 방해한 아이들을 무사가 칼로 베어 죽일 것 이라고 생각한 것입니다.

그때, "눈깔사탕을 내놔." 무사가 말했습니다.

엄마는 겁을 내면서 눈깔사탕을 내밀었습니다. 무사는 눈깔사탕을 배의 가장자리에 놓고, 칼로 탁! 하고 쳐서 두 개로 나누었습니다.

그리고, "자." 하며 두 아이에게 나누어 주었습니다. 그런 뒤에, 무사는 다시 원래 있던 자리로 돌아가서 꾸벅꾸벅 졸기 시작했습니다.

엄마는 마음을 놓았고, 두 아이는 눈깔사탕을 맛있게 먹었습니다.

게는 이발사

          니미 난키치

게가 이것저것 골똘히 생각한 끝에 이발소를 시작하기로 했습니다. 게가 생각하기에는 그것은 썩 잘한 결정이었습니다. 그리고 게는 '이발사는 무척 한가한 직업이구나.'하고 생각했습니다. 그도 그럴 것이, 손님이 한 명도 오지 않았기 때문입니다.

어느 날, 게는 직접 손님을 찾으러 가위를 가지고 바닷가로 갔습니다. 그곳에는 문어가 낮잠을 자고 있었습니다.

"저기요, 문어 씨." 게가 불렀습니다.
"뭐야." 문어가 눈을 뜨며 대답했습니다.

"저는 이발사인데요, 머리 손질을 하지 않으실래요?"

"잘 봐봐. 내 머리에 머리카락이 있는지 없는지."

게는 문어의 머리를 잘 살펴보았습니다. 과연 머리털은 한 가닥도 없이 매끈거렸습니다. 아무리 게가 실력 좋은 이발사라도 머리털이 없는 머리를 깎을 수는 없습니다.
게는 그래서 산으로 손님을 찾으러 갔습니다. 산에는 너구리가 낮잠을 자고 있었습니다.

"저기요, 너구리 씨." 너구리는 눈을 떴습니다.

"뭐냐."

"저는 이발사인데요, 머리를 손질하지 않으실래요?"

장난치기를 좋아하는 너구리는, 자기보다 작은 게를 보고는 심술 궂은일을 생각해 냈습니다.

"좋아, 깎아 줘. 하지만 한 가지 약속을 해 줘야만 해. 그건 말이지 나 다음으로 우리 아버지의 머리카락도 깎아주는 거야."

"네, 그건 쉬운 일이지요."

드디어 게가 솜씨를 발휘할 기회가 왔습니다.
싹둑, 싹둑, 싹둑.

그런데, 게는 작은 동물입니다. 게와 비교하면 너구리는 놀라울 정도로 크고, 게다가 너구리는 온몸이 털투성이인 동물입니다. 그래서 너구리의 머리를 깎는 일은 여간해서 쉬운 일이 아니었습니다. 게는 입에서 거품을 내뿜으며 열심히 가위질을 했습니다. 마침내 3일이 걸려서야 겨우 일을 끝냈습니다.

"그러면 약속했으니까 우리 아버지의 머리칼도 잘라 줘."

"아버지는 어느 정도로 크신가요."

"저기 있는 산의 크기 정도 될 꺼야."

게는 당황하고 말았습니다. 그렇게 크다면 자기 혼자서는 아무리 해도 제대로 머리 손질을 마칠 수 없다는 생각이 들었기 때문입니다.

그래서 게는 자기 자식들을 모두 이발사로 만들기로 했습니다. 자식들뿐만이 아니라 손자와 손자의 아이들까지도 태어나는 게는 전부 이발사를 하도록 시켰습니다.

그런 까닭에, 오늘날 우리들이 길가에서 발견하는 매우 작은 게 조차도 완벽하게 가위를 가지고 있는 것입니다.

마을의 봄, 산의 봄

──────────────── 니미 난키치

들판에는 벌써 봄이 찾아왔습니다. 벚꽃이 피고 작은 새가 지저귀고 있었습니다. 하지만, 산에는 아직 봄이 찾아오지 않았습니다. 산꼭대기에는 엄마 아빠 사슴과 아기 사슴이 살고 있었습니다. 아기 사슴은 태어난 지 아직 1년이 되지 않았기 때문에 봄이라는 것이 어떠한 것인지 알지 못했습니다.

"아빠, 봄이 뭐야?"
"꽃이 피는 계절이 봄이야."
"엄마, 꽃이 뭐야?"
"꽃은 말이지, 아름다운 것이란다."

'흠'
하지만 아기 사슴은 꽃을 본 적도 없기 때문에 꽃이 어떤 것인지, 봄이 어떤 것인지 잘 몰랐습니다.

어느 날, 아기 사슴이 혼자 산속에서 놀며 여기저기를 돌아다니고 있었습니다. 그러자 먼 곳에서부터 부드러운 소리가 들려왔습니다.

'댕-'
"무슨 소리일까?"

'댕-'
소리가 또 들려왔습니다.
아기 사슴은 귀를 쫑긋 세우고 소리를 들었습니다. 이윽고 그 소리에 이끌려 점점 산에서 내려갔습니다. 산 아래에는 들판이 펼쳐져 있었습니다. 들판에는 봄꽃이 피어 있었고, 좋은 향기가 나고 있었습니다.

그리고 한 그루의 꽃나무 아래에 친절해 보이는 할아버지가 있었습니다. 할아버지는 아기 사슴을 보더니 벚꽃 가지 한 개를 꺾어서 아기 사슴의 작은 뿔에 묶어 주었습니다.

"자, 이것은 선물이란다. 머리에 장식해 주었으니 해가 지기 전에 어서 산으로 돌아가렴."
아기 사슴은 기뻐하며 산으로 돌아갔습니다.

아기 사슴에게 놀러 다녀온 이야기를 들은 아빠

사슴과 엄마 사슴이 알려 주었습니다.
"댕- 하고 나는 소리는 절에 있는 종에서 내는 소리야."

"그리고 네 뿔에 달려있는 것이 벚꽃이라고 하는 것이란다."

"그 꽃이 활짝 피어서 기분 좋은 향기가 나고 있을 때가 봄이야."

그러자 얼마 후에 정말로 산속에도 여러 가지 꽃이 활짝 피고, 좋은 향기가 나는 봄이 찾아왔습니다. 드디어 아기 사슴도 태어나서 처음으로 봄을 맞이하게 되었습니다.

아침

———   다케히사 유메지

어느 봄날의 아침이었습니다. 태양은 막 장밋빛 구름을 가르며 작은 산 위를 넘고 있습니다. 어린 타로는 하얗고 작은 침대 위에서 아직도 잠을 자고 있었습니다.

"일어나, 일어나."
벽에 걸린 괘종시계가 말했습니다. 하지만, 푹 잠들어 있는 타로는 아무 소리도 듣지 못했습니다.

"내가 깨워 볼게."
창문 가까운 곳의 나무 위에 사는 작은 새가 말했습니다.

"이 집 아이는 항상 나한테 먹이를 주니까, 내가 노래를 한 곡 불러서 아이를 깨워 볼게."

'착한 아이야, 눈을 떴니?
자는 동안에 새 사냥꾼이
새를 잡으러 오고 있어.'

정원에 있는 작은 새들이 모두 다가와 소리를 맞

추며 노래를 불렀습니다. 그래도 타로는 아무 소리도 듣지 못한 듯 자고 있었습니다.

바다 쪽에서 불어온 남풍이 창 근처로 와서 말했습니다.

"나는 이 아이를 잘 알아. 어저께 들판에서 아이의 연을 하늘로 띄운 것이 바로 나인걸. 창으로 들어가 아이의 뺨에 뽀뽀를 해서 잠을 깨울게."
남풍은 커튼을 올리고 창으로 살짝 들어왔습니다. 그리고 타로의 빨간 열매 같은 뺨과 어린잎 같은 머리칼을 살랑살랑 불었습니다. 하지만 아이는 아무것도 모를 정도로 깊이 잠들어 있었습니다.

"꼬마는 내가 날이 밝았다고 알려주기를 기다리고 있는 거야."
정원 구석의 닭장에서 암탉이 자신이 있는 듯 건들거리는 발걸음으로 나오며 말했습니다.

"누구도 나만큼 이 꼬마를 알고 있지 못 할 거야. 나는 말이야 늘 이 꼬마를 잘 돌봐 주고 있거든.

그러면 새벽의 노래를 불러 볼게."

'꼬끼오 꼬끼오 꼬꼬
동쪽 산에서부터 날이 밝았어
눈을 뜨면 어디로 가니
오사카 텐마의 다리 아래
큰 배가 돛을 올리고 있어.
꼬끼오, 꼬끼오, 꼬꼬'

암탉이 부르는 아침 노랫소리에 놀라, 엄마 새의 날개 아래에서 자고 있던 노란 아기 새, 처마 밑에 있던 비둘기, 그리고 붉은 송아지와 목장의 오두막 안에서 잠들어 있던 아기 양까지 눈을 떴습니다. 그래도 타로는 눈을 뜨지 않았습니다.

이때, 태양이 작은 산을 넘어 봄 하늘의 높은 곳에서 빛나기 시작했습니다. 그러자, 풀에 맺힌 이슬이 꿈에서 깨어나고, 은방울꽃은 가장 먼저 아침 종을 울렸습니다. 풀도 나무도 태양 쪽을 쳐다보며 즐거워했습니다.
태양은 가만가만 숲을 건너와 목장에 빛을 비추며

타로의 집 정원까지 찾아왔습니다. 그리고 유리창을 통해 타로의 얼굴에 아름다운 빛을 비추었습니다. 그러자 타로가 귀여운 눈을 크게 떴습니다.

"엄마, 엄마!"

엄마는 타로가 부르는 소리를 듣고 바로 왔습니다.

"타로야, 일어났구나. 누가 우리 꼬마를 깨워 주었니?" 엄마가 물었습니다.

하지만 아무도 대답하지 않았고, 누가 자기를 깨워주었는지 타로도 알지 못했습니다.

캬라멜과 알사탕

——————————— 유메노 큐사쿠

캬라멜과 알사탕이 과자 상자 속에서 싸우기 시작했습니다.

"오, 멍청한 알사탕. 너는 말이야 뚱그렇고 달기만 하지 아무 쓸모도 없는 녀석 아니냐. 나를 봐라. 멋지게 옷을 입고 네모난 집에 들어가 있잖냐. 너 따위는 아무리 원해도 옷은 가질 수 없을걸. 네 꼴을 봐라, 야."

알사탕은 새빨개져서 화를 냈습니다.

"저 자식이 버릇없는 소리를 하고 있네. 난 집에 있을 때는 맨 몸이지만, 밖에 나갈 때는 단정하게 삼각 종이옷을 입고 외출한다고. 네 이름이야말로 제일 주제넘지. 어디서 '캬라멜' 이라는 이름을 가지고 오만한 얼굴로 지껄여 대냐, 일본에 있으니 좀 더 일본다운 이름을 붙이라고."

"이놈, 어디서 무례한 말을 하냐. 캬라멜이라는 이름이 외국 이름이라서 나쁘다고 하는데, 그렇게 따지면 카스텔라는 스페인어야. 슈크림이나 와플 같은 이름도 멋있지 않냐. 요새는 과자에 전부 세련된 서양식 이름을 붙이고 있다고. 사탕이네, 전병이네 따위로 불리는 건 전부 싸구려에 맛없는 과자뿐이야."

"거짓말하고 있네. 양갱이라 불리는 과자는 너 같은 놈보다 훨씬 고급스러워. 별사탕을 러시아어인 콘페이토라고 부르는데 그럼 뭐하냐, 나보다 훨씬 맛이 없는데. 게다가 웨하스라고 하는 자식은 아무리 먹어도 먹은 것 같지도 않잖냐."

"바보 같은 소리는 그만 두지 그래. 이래봬도 나는 건강에 좋단 말이지. 우유가 들어 있어서 네 녀석보다 훨씬 고급스럽기까지 하다니까."

"이 자식아, 나도 계피가 들어 있다고. 계피는 약으로도 쓰인단 말이야. 네 안에 우유가 얼마나 들어 있다고 그렇게 거들먹거리냐?"

"어디서 건방진 소리를 하고 있어."

"이게 주제넘게 시리."
둘은 결국 맞붙어 싸웠고 급기야 큰 싸움으로 번졌습니다. 아까부터 이 싸움을 구경하고 있던 캬라멜의 친구인 민트, 봉봉, 초콜릿, 드롭스, 알사탕의 친구인 구슬사탕, 꽈배기, 막대사탕 등이 달려왔습니다. 과자들이 뒤섞여서 치고받고 밀고 얽혀서 싸우는 사이에, 모두가 서로 달라붙어 움직이지 못하게 되고 말았습니다.

마침, 그때 아이가 와서 과자 상자 뚜껑을 열어 보더니 깜짝 놀라서 소리쳤습니다.

"엄마! 큰일, 큰일 났어. 과자끼리 서로 싸우고 있어".

엄마도 와서 이 꼴을 보더니 말했습니다.

"이거 봐봐, 과자들을 같이 안에 넣어 두면 안 된다고 엄마가 말했잖아. 붙어있는 과자들을 부수어 줄 테니 누나랑 형이랑 함께 간식으로 다 먹어 버리렴"

망치를 들고 온 엄마가 과자들을 우드득 부쉈고,
결국 과자들의 싸움은 끝나버리고 말았습니다.

다리

───　　　　　　니미 난키치

말 두 마리가 창 근처에서 쿨쿨 낮잠을 자고 있었습니다. 그때 시원한 바람이 불어오자, 말 한 마리가 재채기를 하며 눈을 떴습니다.
그런데 한쪽 뒷다리가 저렸기 때문에 비틀거리고 말았습니다.

"어어"
뒷다리에 힘을 주려고 해도 제대로 힘이 들어가지 않았습니다. 그래서 친구인 말을 흔들어 깨웠습니다.

"큰일 났어, 뒷다리 한쪽을 누군가 훔쳐 갔어."

"하지만, 제대로 붙어 있는데."

"아냐, 이건 달라. 남의 다리야."

"어째서?"

"내 마음대로 걸을 수가 없는 걸. 이 뒷다리를 좀 걷어차 봐."

그래서 친구인 말은 말발굽으로 그 말의 뒷다리를 뻥- 하고 찼습니다.

"역시 이건 내 다리가 아냐. 아프지가 않잖아. 내 다리라면 아플 게 분명해. 좋아, 빨리 도둑맞은 다리를 찾으러 가야지." 말은 도둑을 찾으러 비틀비틀 걸어갔습니다.

"아, 의자가 있네. 의자가 내 다리를 훔쳐 갔을지도 몰라. 좋았어, 걷어차 줄 테다, 내 다리라면 분명 아플 테니까." 말은 한 발로 의자의 다리를 찼습니다.

의자는 아픈지 어떤지 아무 말도 하지 않고 부서지고 말았습니다. 말은 테이블 다리와 침대 다리도 뻥뻥 걷어차며 다녔습니다. 하지만, 그 어느 것도 아프다는 말 없이 부서져 버렸습니다.

아무리 찾아도 도둑맞은 다리는 발견하지 못했습니다.

"어쩌면 저 녀석이 훔쳐 갔을지도 몰라." 하고 말은 생각했습니다. 그리고 말은 친구 말이 있는 곳으로 돌아왔습니다.

그리고 틈을 노려 친구의 뒷다리를 '뻥'하고 차버렸습니다.

그러자 친구는 "아얏!" 하고 소리치며 펄쩍 뛰었습니다.

"자 봐라, 그게 내 다리군. 너지, 내 다리를 훔쳐 간 게."

"이 멍청이가!" 친구 말은 있는 힘껏 되받아서 찼습니다.

그사이에 저린 다리가 이미 나았기 때문에 다리를 잃어버렸다는 말도 역시 "아이고." 하며 펄쩍 뛰었습니다. 그리고, 그제야 자신의 다리는 도둑 맞았던 것이 아니라 저렸었다는 사실을 겨우 깨닫게 되었습니다.

엄마들

——— 니미 난키치

엄마가 된 작은 새가 나무 위 둥지 속에서 알을 품고 있었습니다. 그러자 오늘도 또 암소가 나무 아래로 찾아왔습니다.

"새님, 안녕하세요." 암소가 말했습니다.
"아직 알은 나오지 않았나요?"
"아직 나오지 않았어요." 작은 새가 대답했습니다.

"소님의 아기도 아직 나오지 않았나요?"
"배 안에서 점점 크게 자라고 있어요. 이제 10일 정도 있으면 태어날 거예요."라고 암소가 말했습니다.

그리고 나서 작은 새와 암소는 아직 태어나지 않은 자신들의 아기들에 관해 평소처럼 서로 자랑을 하기 시작했습니다.

"소님, 들어 보세요. 제 귀여운 아기들은 말이죠. 분명 몸은 아름다운 남색을 하고 있을 거고, 장미꽃처럼 좋은 향기를 내뿜을 거예요. 그리고 방울

소리 같은 예쁜 소리로 지지배배 노래를 부를 거예요."

"제 아기는 말이죠, 발굽이 두 개로 나뉘어져 있고 몸은 얼룩 색이며 꼬리도 잘 달려 있을 거예요. 저를 부를 때는 '음메, 음메'라고, 귀여운 소리로 부르겠죠."

"어머나, 귀엽군요."라며 작은 새는 웃음을 참으며 말했습니다.

"음메, 음메가 귀여운 소리라니요. 게다가 꼬리 같은 것은 별 쓸모도 없을 텐데요."

"아니 무슨 그런 말씀을 하세요." 암소도 지지 않고 말했습니다.

"꼬리가 쓸데없는 거라면 부리 따위도 쓸데없는 거죠."

이런 식으로 이야기를 한다면 결국에는 싸우게 될

것 같았습니다. 그런데 싸움으로 번지기 바로 직전에 개구리 한 마리가 물속에서 깡충 튀어나왔습니다.

"무슨 이야기를 그렇게 열심히들 하고 계시나요." 하며 녹색 개구리가 물어보았습니다. 암소와 작은 새에게서 이유를 들은 개구리는 눈을 동그랗게 뜨고서 "그거 큰일이군요."라고 했습니다. 무엇이 큰 일인지 암소와 작은 새가 걱정스럽게 물어보았더니 개구리가 말했습니다.

"두 분은 이제 곧 아기가 태어날 텐데, 자장가는 배우지 않고 그렇게 느긋한 이야기만 하고 있으니까요."

암소와 작은 새는 어째서 이렇게 깜빡하고 있었던 걸까요. 빨리 자장가를 배워야만 합니다. 그런데 누구한테 배워야 할까요.

"그러면 제가 가르쳐 드릴게요."
개구리가 말했습니다. 암소와 작은 새는 매우 기

뻐하며 개구리한테서 자장가를 배웠습니다. 하지만 이렇게 어려운 자장가는 세상 어디에도 없습니다. 너무나도 어려워서 암소와 작은 새는 조금도 자장가를 외울 수 없었습니다. 그것은 이런 자장가였습니다.

개골 개골 개골
개굴 개굴 개굴
개에골 개에골
개굴 개굴
개에골 개에골 게골

암소와 작은 새는 열심히 배웠지만, 그래도 몽땅 외우지를 못해서 결국에는 다 싫어졌습니다.

하지만, 개구리가 "자장가를 모르고서 어떻게 아기를 키우시려고요."라고 하기에 또 기운을 내서 '개골 개골 개골' 하며 열심히 배웠습니다.
그리고 그 소리는 밤이 되어 바람이 시원해질 때까지도 계속되었습니다.

작년의 나무

니미 난키치

무척 사이좋게 지내는 나무 한 그루와 작은 새 한 마리가 있었습니다. 작은 새는 하루 종일 그 나무의 가지에서 노래를 부르고, 나무는 하루 종일 작은 새의 노래를 듣고 있었습니다.
하지만 추운 겨울이 다가왔기 때문에 작은 새는 나무를 떠나야만 했습니다.

"안녕. 작은 새야. 또 내년에 와서 노래를 들려줘." 나무가 말했습니다.

"그래. 나무 너도 그때까지 기다려 줘." 작은 새는 그렇게 말하고 남쪽으로 날아갔습니다.

봄이 돌아왔습니다. 들판과 숲에 있던 눈이 사라졌습니다. 작은 새는 작년에 사이좋게 지냈던 나무가 있는 곳으로 다시 돌아갔습니다.

그런데 이게 어떻게 된 일일까요. 나무는 그 자리에 없었습니다. 뿌리만 남아 있는 것이었습니다.

"여기 서 있던 나무는 어디로 갔나요?" 하고 작

은 새가 뿌리한테 물어보았습니다.

"나무꾼이 도끼로 잘라서 골짜기로 가지고 가 버렸어." 뿌리가 말했습니다.

작은 새는 골짜기로 날아갔습니다. 골짜기 아래에는 큰 공장이 있었고, '윙윙'하며 나무를 자르는 소리가 들렸습니다. 작은 새는 공장 문 위에 앉아서, "문님, 저와 친했던 나무가 어떻게 되었는지 아시나요?"하고 물어보았습니다.

문은 "나무라면 공장 안에서 작게 잘려 성냥으로 만들어져서 저쪽 마을로 팔려 갔어."라고 말했습니다. 작은 새는 다시 마을 쪽으로 날아갔습니다.

마을에 있는 램프 옆에 여자아이가 있었습니다. 작은 새는 "안녕, 꼬마야. 혹시 성냥이 어디 있는지 아니?"하고 물었습니다.

그러자 여자아이는 "성냥은 타버리고 말았어요. 하지만 아직 이 램프에는 성냥을 태운 불이 남아 있어요."라고 했습니다.
작은 새는 램프에서 타고 있는 불을 가만히 바라보고 있었습니다.

그리고, 작년에 불렀던 노래를 불에게 들려주었습니다. 불은 흔들흔들 흔들거리며 진심으로 기뻐하고 있는 것처럼 보였습니다.

노래를 다 부른 작은 새는 또 가만히 램프 속의 불을 보았습니다. 그리곤 어딘가로 날아가 버렸습니다.

달밤과 안경

오가와 미메이

마을도 들판도 가는 곳마다 모두 녹색 잎에 둘러싸여 있는 계절이었습니다. 달빛이 비치는 평온한 밤에 조용한 마을을 벗어난 곳에서 할머니가 살고 있었습니다. 할머니는 홀로 창가 아래에 앉아서 바느질하고 있었습니다.

램프 불이 주변을 평화롭게 비치고 있습니다. 할머니는 이제 지긋하게 나이를 먹어서 눈이 침침해 바늘귀에 실을 잘 끼우지 못했습니다. 그래서 램프 불에 몇 번이고 비추며 바라보거나 또 주름진 손끝으로 가는 실을 꼬기도 했습니다.

달빛은 푸르스름하게 이 마을을 비추고 있었습니다. 따뜻한 물 속에 숲속 나무도 집도 언덕도 모두 잠겨 있는 것 같습니다. 할머니는 이렇게 바느질을 하면서 젊었던 시절의 일과 또 먼 곳에 사는 친척들, 떨어져 살고 있는 손녀딸 등을 생각하고 있었습니다.

자명종 시계 소리가 똑딱똑딱하며 선반 위에서 울리는 소리만 들리고 있을 뿐, 주변은 조용히 잠들어 있었습니다. 가끔 마을 사람들이 많이 오가는 번화한 거리 쪽에서 이것저것 물건을 파는 소리와 기차가 지나가는 소리 같은 희미한 소리만 들려올 뿐입니다.

할머니는 지금 자신이 어디에서 무엇을 하고 있는지조차 생각하지 못하는 듯, 멍하니 꿈을 꾸는 것처럼 평온한 기분으로 앉아 있었습니다.

이때, 바깥 문을 똑똑 두드리는 소리가 들렸습니다. 할머니는 잘 들리지 않는 귀를 소리가 나는 쪽으로 기울였습니다. 지금 자신을 찾아올 사람이 아무도 없기 때문입니다. 이것은 분명 바람 소리일 것이라고 생각했습니다. 바람은 이렇게 정처 없이 들판과 마을을 지나가기 때문입니다.

그러자 이번에는 창 바로 아래에서 작은 발소리가 들렸습니다. 할머니는 평소와는 달리 그 소리를 들었습니다.

"할머니, 할머니." 하며 누군가가 부르는 것이었

습니다.
할머니는 맨 처음에는 자신의 귀가 잘 들리지 않는 탓 일거라고 생각하며 움직이던 손을 멈추었습니다.

"할머니, 창문을 열어 주세요."라고 또 누군가가 말했습니다.

할머니는 누가 날 부르는 걸까 생각하며 자리에서 일어나 창문을 열었습니다. 바깥은 희푸른 달빛이 주변을 낮과 같이 밝게 비추고 있었습니다.
창 아래에는 그다지 키가 크지 않은 남자가 서서 위를 바라보고 있었습니다. 그는 검은 안경을 쓰고 수염을 기르고 있었습니다.

"나는 댁을 모르겠는데, 누구신가요?" 할머니가 말했습니다.

할머니는 낯선 남자의 얼굴을 보고, 이 사람은 누군가의 집을 착각해서 찾아온 것이겠지 하고 생각했습니다.

"저는 안경장수입니다. 여러 가지 종류의 안경을 많이 가지고 있지요. 이 마을에는 처음 왔는데, 정말로 기분 좋은 아름다운 곳이군요. 오늘 밤은 달이 밝아서 이렇게 안경을 팔며 다니고 있습니다." 남자가 말했습니다.

할머니는 눈이 침침해서 바늘귀에 실을 잘 끼우지 못해 막 곤란해하던 참이었기 때문에, "내 눈에 맞는 잘 보이는 안경이 있을까요?"라고 물어보았습니다.

남자는 손에 들고 있던 상자의 뚜껑을 열었습니다. 그리고 그 안에서 할머니한테 맞을만한 안경을 찾았습니다. 바로 커다란 뿔테 안경을 꺼내어 창으로 얼굴을 내민 할머니 손에 건넸습니다.

"이 안경이라면 틀림없이 뭐든지 잘 보이실 겁니다." 남자가 말했습니다.

창문 아래 남자가 서 있는 발 아래 지면에는 희고 빨갛고 파란 여러 가지 화초가 달빛을 받으며 아름답게 피어 있었습니다.

할머니는 안경을 쓰고서 저쪽에 있는 자명종 시계의 숫자와 달력의 글자 등을 읽어 보았습니다. 그러자 한 글자 한 글자가 똑똑히 보이는 것이었습니다. 그것은 마치 자신이 몇십 년 전의 젊은 시절로 되돌아가 무엇이든 또렷하게 보고 있는 것 같았습니다. 할머니는 매우 기뻤습니다.
"아, 이걸로 줘요."라며 할머니는 바로 안경을 샀습니다.

할머니가 돈을 건네자 검은 안경을 쓴 수염을 기른 안경 장수 남자는 떠나갔습니다. 남자의 모습이 보이지 않게 되었을 때는 풀꽃만이 여전히 원래처럼 밤공기 속에 향기를 뿜고 있었습니다.

할머니는 창을 닫고 다시 제자리에 앉았습니다. 이번에는 쉽게 바늘귀에 실을 끼울 수 있었습니다. 할머니는 안경을 쓰다가 벗다가 했습니다. 안경이 신기해서 마치 아이처럼 이리저리해 보고 싶기도 했고, 평소에 쓰지 않던 안경을 갑자기 썼더니 사물의 모습이 바뀌어 보였기 때문이기도 했습니다.
할머니는 쓰고 있던 안경을 또 벗었습니다. 안경을 선반 위의 괘종시계 옆에 올려놓고, 이제 시간도 상당히 늦었으니 쉬어야겠다 싶어서 바느질을 정리했습니다.

이때, 또 바깥문을 똑똑- 하고 두드리는 소리가 들렸습니다. 할머니는 귀를 기울였습니다.
할머니는 "오늘 밤은 참 희한하네. 또 누군가가 찾아왔나 보군. 이미 이렇게 늦었는데……."라며 시계를 보았습니다. 바깥은 달빛으로 환하지만 이미 상당히 늦은 시간이었습니다.

할머니는 일어나서 입구 쪽으로 갔습니다. 작은 손으로 두드리는지 '똑똑'하는 소리가 귀엽게 들렸습니다.
'이렇게 늦었는데…….' 할머니는 혼자 말을 하며 문을 열어 보았습니다. 그랬더니 그곳에는 열두어 살 정도의 예쁜 여자아이가 울먹이며 서 있었습니다.

"어디에 사는 꼬마 아가씨인지 모르겠지만, 어째서 이렇게 늦은 시간에 찾아온 건가?" 할머니가 수상하게 여기며 물어보았습니다.

"저는 마을의 향수공장에서 일을 하고 있어요. 매일 매일 흰색 장미꽃에서 뽑은 향수를 병에 채우는 일을 해요. 그리고 밤늦게 집으로 돌아가죠. 오늘 밤도 일을 마친 후에 달빛도 좋길래 혼자 느긋하게 걸어오다가 돌에 걸려 넘어져서 손가락에 이렇게 상처가 나고 말았어요. 너무 아파서 참을 수가 없었어요. 피가 멈추지를 않더라고요. 다른 집 사람들은 이미 다 잠을 자고 있는데. 이 집 앞을 지나다가 아직 할머니께서 일어나 계시는 것을 보았어요. 저는 할머니는 친절하고 상냥하신 좋은 분이라는 사실을 알고 있어서 그만 문을 두드리고 말았어요." 머리가 긴 아름다운 소녀가 말했습니다.

할머니는 소녀의 몸에 좋은 향수 냄새가 스며 있다고 생각했습니다. 이야기를 나누는 사이에 향기가 물씬 코로 다가왔습니다.

"그렇다면, 꼬마 아가씨는 나를 알고 있다는 건가요?" 하고 할머니가 물었습니다.

"저는 지금까지 이 집 앞을 자주 지나갔는데요. 할머니가 창 아래에서 바느질을 하고 계시는 모습도 많이 봐서 할머니를 알고 있어요." 소녀가 대답했습니다.

"아, 열심히 일을 하는 착한 아가씨군요. 어느 손가락에 상처를 입었는지 나한테 보여 줘요. 약을 발라 줄게요." 하며 할머니가 말했습니다. 그리고 소녀를 램프 가까이로 데리고 왔습니다. 소녀는 귀여운 손가락을 내밀어 보여주었습니다. 그러자, 새하얀 손가락에서 빨간 피가 흐르고 있었습니다.

"아, 가엽게도 돌에 스쳐서 베었구나." 할머니는 속으로 말했습니다. 하지만 눈이 침침해서 어디에서 피가 나오는지를 알 수 없었습니다.

"아까 안경을 어디에 벗어 놨었더라." 하며 할머니는 선반 위를 찾았습니다. 안경은 괘종시계 옆에 놓여있었습니다. 할머니는 바로 안경을 쓰고 소녀의 상처를 잘 살펴야겠다고 생각했습니다.

할머니는 안경을 쓰고 소녀의 상처를 치료해 주었습니다. 그리고 이 아름다우며 자신의 집 앞을 자주 지나다닌다고 하는 소녀의 얼굴을 자세히 보려고 했습니다. 그런데 할머니는 깜짝 놀라고 말았습니다. 소녀가 아니라 예쁜 한 마리 나비였기 때문입니다. 할머니는 이렇게 평온한 달밤에는 나비가 인간으로 변신하여 밤늦게까지 깨어 있는 집을 방문하는 일이 자주 있다는 이야기를 떠올렸습니다. 바로 그 나비가 다리를 다친 것이었습니다.

"착한 꼬마 아가씨, 이쪽으로 와요." 하며 할머니는 상냥하게 말했습니다. 그리고 먼저 일어나 문 앞으로 나가 집 뒤의 화원 쪽으로 갔습니다. 소녀는 말없이 할머니의 뒤를 따라갔습니다.

화원에는 여러 가지 꽃이 지금이 한창인 듯 피어

있었습니다. 낮에는 저곳에 나비와 꿀벌이 북적거리며 모여 있었지만, 지금은 나뭇잎 그늘에서 즐거운 꿈을 꾸며 쉬고 있는지 정말로 조용했습니다. 오직 달의 희푸른 빛만이 물처럼 흐르고 있었습니다. 저쪽 울타리에는 새하얀 장미꽃이 봉긋하게 모여서 눈처럼 피어 있었습니다.

"꼬마 아가씨는 어디로 갔지?"
할머니가 멈춰 서서 뒤돌아보았습니다. 뒤에서부터 따라오던 소녀는 어느 사이에 어딘가로 모습을 감추었는지 발소리도 들리지 않고 모습도 보이지 않았습니다.

"모두들 잘 자거라, 나도 이만 잘 테니까."

할머니는 정원을 향해 말하고 나서 집 안으로 들어갔습니다. 무척 아름다운 달밤이었습니다.

초판 1쇄 발행 : 2025년 3월 29일

편역자　송소정
펴낸이　조성은

펴낸곳　시시담시시청
출판등록 제2023-000080호
전자메일 sisidamsisichung@naver.com
ISBN 979-11-985113-6-2(03830)

이 책의 판권은 지은이와의 계약으로 시시담시시청에 있습니다.
저작권법에 의해 보호를 받는 저작물이므로 무단 복제와 전재를 금합니다.
잘못 인쇄된 책은 구입처에서 바꾸어 드립니다.